SCULPTURES

ŒUVRES

DE

A. & L. Carrier-Belleuse

IMPRIMERIE ARTISTIQUE

E. MÉNARD & Cie

Bureaux et Ateliers : PARIS — 8, RUE MILTON

Paris. — Imp. artistique E. Ménard & Cie, 8, rue Milton.

CATALOGUE

DES

MARBRES, TERRES CUITES

BRONZES

Groupes, Statuettes, Bustes Originaux

ŒUVRES DE

A. & L. Carrier-Belleuse

DONT LA VENTE AURA LIEU

HOTEL DROUOT, SALLE N° 1

Le Lundi 23 Mars 1896, à 2 heures 1/2

Mᵉ G. DUCHESNE	**M. A. BLOCHE**
COMMISSAIRE-PRISEUR	EXPERT
6, rue de Hanovre, 6	28, rue de Châteaudun, 28

Chez lesquels on trouve le présent Catalogue

Exposition Publique : Le Dimanche 22 Mars 1896

DE I HEURE 1/2 A 5 HEURES 1/2

CONDITIONS DE LA VENTE

La vente sera faite *expressément* au comptant.

Les acquéreurs payeront en sus des adjudications *cinq pour cent.*

L'exposition mettant le public à même de se rendre compte de l'état des objets, il ne sera admis aucune réclamation une fois l'adjudication prononcée.

Paris. — Imp. E. Ménard & Cie, 9, rue Milton.

DÉSIGNATION

MARBRES

1 — *Les Trois Grâces.*
Beau groupe sur socle.

Hauteur, 0,94.

2 — *L'Amour désarmé.*
Beau groupe.

Hauteur, 0,65.

3 — *La Tempérance.*
Joli groupe.

Hauteur, 0,65.

TERRES CUITES

GROUPES

4 — *Ève et ses Enfants.*

Hauteur, 0,75.

5 — *Le Retour des champs.*

Hauteur, 0,75.

6 — *La Danse.*

Hauteur, 1 mètre.

7 — *Le Triomphe de Silène.*

Hauteur, 0,60.

8 — *Les Frisonnes.*

Hauteur, 0,60.

9 — *La Confidence.*

Hauteur, 0,60.

10 — *L'Amour désarmé.*

Hauteur, 0,65.

11 — *La Tempérance.*

Hauteur, 0,60.

12 — *Les Trois Grâces.*

Hauteur, 0,80.

13 — *Les Danseurs bretons.*

Hauteur, 0,75.

14 — *La Jeune Mère.*

Hauteur, 0,50.

15 — *L'Éducation du Faune.*

Hauteur, 0,40.

16 — *Bacchanale.*

Hauteur, 0,50.

17 — *Bacchanale.*

Hauteur, 0,40.

18 — *Triton et Bacchante.*

Hauteur, 0,60.

19 — *La Centauresse.*

Hauteur, 0,45.

20 — *La Châtelaine.*

Hauteur, 0,75.

21 — *Le Char des Amours.*

Hauteur, 0,50.

22 — *La Dompteuse avec Enfants.*

Hauteur, 0.50.

23 — *Les Titans.*
Vase.

Hauteur, 0,80.

24 — *La Ronde d'Enfants.*
Vase.

Hauteur, 0,80.

STATUETTES

25 — *La Cigale.*

Hauteur, 0,80.

26 — *La Fourmi.*

Hauteur, 0,80.

27 — *La Diane au Chien.*

Hauteur, 0.70.

28 — *Femme au Chat.*

Hauteur, 0,70.

29 — *Bacchante au Terme.*

Hauteur, 0,60.

30 — *Psyché.*

Hauteur, 0,60.

31 — *Enfants.* Supports.
Deux pendants.

Hauteur, 0,40.

32 — *Le Nid.*

Hauteur, 0,45.

33 — *Philoméla.*

Hauteur, 0,65.

34 — *La Cueilleuse de fleurs.*

Hauteur, 0,65.

35 — *L'Automne.*

Hauteur, 0,65.

36 — *Le Printemps.*

Hauteur, 0,65.

37 — *La Liseuse.*

Hauteur, 0,65.

38 — *La Mélodie.*

Hauteur, 0,70.

39 — *L'Harmonie.*

Hauteur, 0,65.

40 — *La Fileuse.*

Hauteur, 0,65.

41 — *La Brodeuse.*

Hauteur, 0,65.

42 — *La Douleur.*

Hauteur, 0,55.

43 — *La Diane victorieuse.*

Hauteur, 0,60.

44 — *La Violoniste.*

Hauteur, 0,70.

45 — *La Marguerite au Coffret.*

Hauteur, 0,70.

46 — *La Charmeuse de Panthères.*

Hauteur, 0,75.

47 — *Phryné.*

48 — *Cléopâtre.*

49 — *Égérie.*

50 — *Eurydice.*

51 — *Camille Desmoulins.*

BUSTES

52 — *Femme au Chapeau.*

Hauteur, 0,65.

53 — *Colombe.*

Hauteur, 0,50.

54 — *Papillon.*

Hauteur, 0,50.

55 — *Réveil.*

Hauteur, 0,50.

56 — *Sommeil.*

Hauteur, 0,50.

57 — *Marguerite.*

Hauteur, 0,60.

58 — *Mérovingia.*

Hauteur, 0,55.

59 — *Alsace.*

Hauteur, 0,65.

60 — *Mauresque.*

Hauteur, 0,65.

61 — *Ève.*

Hauteur, 0,70.

62 — *L'Eau.*

Hauteur, 0.50.

63 — *La Vellèda.*

Hauteur, 0,65.

64 — *Rembrandt.*

Hauteur, 0,45.

65 — *Albert Durer.*

Hauteur, 0,45.

66 — *Mozart.*

Hauteur, 0,35.

67 — *Beethoven.*

Hauteur, 0,35.

68 — *Buste coffret.*

Hauteur, 0,25.

69 — *Buste livre.*

Hauteur, 0,25.

BUSTES ORIGINAUX

70 — *Printemps.*

Hauteur, 0,90.

71 — *Été.*

Hauteur, 0,90.

72 — *Automne.*

Hauteur, 0,90.

73 — *Hiver*.

Hauteur, 0,90.

74 — *Hébé*.

Hauteur, 0,75.

75 — *La Moscovite*.

Hauteur. 0,75.

76 — *Aramanthe*.

Hauteur, 0,80.

77 — *Clorinde*.

Hauteur, 0,80.

TERRE CUITE ET FAIENCE DÉCORÉE

STATUETTES

78 — *Cléopâtre*.

79 — *Eurydice*.

BUSTES

80 — *Bacchante.*

81 — *Colombe.*

FANTAISIE TERRE CUITE

82 — *Enfants à la brouette.*

Porte bouquets.

83 — *Enfants au panier.*

Porte bouquets.

84 — *Enfant peintre.*

Porte bouquets.

BRONZE

85 — *La Liberté soutenant l'opprimée chasse la tyrannie.*

86 — *Œuvres omises.*

www.ingramcontent.com/pod-product-compliance
Lightning Source LLC
LaVergne TN
LVHW021923180726
843502LV00008B/3229